아낙에게
이야하다

아내에게 미안하다

초판 1쇄 2019년 12월 1일

글쓴이 | 서정홍
펴낸곳 | 도서출판 단비
펴낸이 | 김준연
편   집 | 최유정
등   록 | 2003년 3월 24일(제2012-000149호)
주   소 | 경기도 고양시 일산서구 일중로 30, 505동 404호(일산동, 산들마을)
전   화 | 02-322-0268
팩   스 | 02-322-0271
전자우편 | rainwelcome@hanmail.net

ISBN 979-11-6350-020-9 03810
값 11,000원

*이 책의 내용 일부를 재사용하려면 반드시 저작권자와 도서출판 단비의 동의를 받아야 합니다.

이 도서의 국립중앙도서관 출판예정도서목록(CIP)은 서지정보유통지원시스템 홈페이지
(http://seoji.nl.go.kr)와 국가자료종합목록시스템(http://www.nl.go.kr/kolisnet)에서
이용하실 수 있습니다.(CIP제어번호 : CIP2019047186)

아내에게 미안하다

서정홍 시집

단비
danbi

세상을 움직이는
가난한 '꼴찌'들에게
이 시집을 바칩니다.

첫 마음 잃지 않고

노동청년 한 사람은
이 지구 위에 있는 모든 황금을 합친 것보다
더 소중하다.(까르딘 추기경)

스마트폰 하나만 있으면 보고 듣고 즐기기까지 온갖 일을 다 할
수 있는데 아직도 시를 붙들고 있다니……. 4차 산업혁명이 어쩌고
저쩌고 떠들어 대는데, 누가 시를 읽는다고……. 그래도 시를 씁니
다. 아직도 자연의 순리에 따라 시보다 더 시처럼 사는 어르신들이
있으니까요. 가난과 불편함을 두려워하지 않고 앞으로 나아가는
젊은이들이 있으니까요. 그분들이 말없이 흘린 땀과 눈물이 있어
세상은 한층 살맛이 나니까요. 더구나 그분들의 말씀 한마디 한마
디가 훌륭한 시이고 스승이니까요. 그러니까 제가 쓴 시는 모두 스
승들의 삶이고 흔적입니다. 고맙습니다.

딱 스무 해 전에 실천문학사에서 펴낸 《아내에게 미안하다》 시집
을 다시 고치고 다듬어서 세상에 내놓습니다. 마음 가는 대로 부

를 나누었으며, 새로 쓴 시를 스무 편 남짓 넣었습니다. 시대 흐름에 따라 여러 편을 빼기도 했습니다. 몇 해 전에 여러 가지 까닭으로 절판된 시집을 도서출판 단비에서 '고침판'으로 내게 되어, 시집을 아껴 주신 독자님들과 함께 삶을 나누고 싶습니다.

고침판을 내면서 시 한 편 한 편 읽을 때마다 서른 즈음, 젊디젊은 날들이 떠올랐습니다. 시를 읽다가 때론 가슴이 찐하기도 하고 때론 눈물이 났습니다. 작은 개울을 지나 강을 건너 여기 오기까지 가난과 외로움, 아픔과 슬픔이 저를 지켜 주었고 자라게 해 주었습니다. 그 벗들이 없었다면 저는 지금 여기에 없을 것입니다. '참 고마운 벗들'입니다.

시를 쓰면서 문득 "한 사람이 영적으로 성장하면 온 세계가 성장한다."는 간디 말씀이 떠올랐습니다. 그 한 사람이 내가 되고 우리가 된다면 얼마나 좋을까요?

아무리 잘나고 똑똑한 사람이라 해도 혼자 살 수는 없겠지요. 그러니 우리는 모두 '누구' 덕으로 사는 것입니다. 한 살 한 살 나이가 들수록 '누가' 없으면 나는 아무것도 아니라는 것을 더 깊이 깨닫습니다. 땀 흘리며 일하고 정직하게 살겠습니다. 첫 마음 잃지 않고 시를 쓰겠습니다. 모두 모두 고맙습니다.

아침을 기다리며
나무실 마을에서
서정홍

제2부
나도 한번 걸어 보고 싶다

제3부
욕심 내려놓고 느릿느릿

제4부
잘난 사람 못난 사람이 어디 있나

1부

*

거꾸로
돌아가는
세상 속에서

아내 이름

가난뱅이 사내 만나

일밖에 모르고 살아서

정겹게 이름 불러 주던 벗들

먹고사느라 바빠 다 잊어버리고 살아서

내가 아니면 아무도 불러 주지 않는

아내 이름은 경옥입니다

우리들의 사랑 1

값비싼 안주가
값비싼 그리움을 낳는 일도 없고
값싼 안주가
값싼 그리움을 낳는 일도 없다
닭똥집에 소주 마시고
취한 날이거나
소고기에 맥주 마시고
취한 날이거나
오래도록 가슴에 남아
그리움이 되는 건
우리들의 사랑이었다

우리들의 사랑 2

화장품병 거꾸로 세워
마지막 남은 한 방울까지
다 쓰고 말겠다는 아내를 보며
가난한 우리들의 사랑을 생각했다

세상은 늘 거꾸로 돌아가고
거꾸로 돌아가는 세상 속에서
참기름병 꿀병 할 것 없이 거꾸로 세워
마지막 남은 한 방울까지
다 쓰고 말겠다는 아내를 보며
가난한 우리들의 사랑을 생각했다

가난할수록
깊어지는 우리들의 사랑

내가 사는 곳

한 마리 천 원 하던 고등어가
한 마리 오백 원으로 값이 떨어지면
집집마다 고등어 굽는 냄새
화장실 문을 열면
아랫집 고등어 굽는 냄새
베란다 문을 열면
옆집 고등어 굽는 냄새
잦은 비로 참외 값이 내렸다는 소문이 나면
집집마다 노란 참외 냄새가 나는 곳
갓 이사 와서 일 층에서 오 층까지
같은 통로에 있는 사람들 모여
부침개라도 나눠 먹고 싶다는 아내가
우리 통로는 다 맞벌이하는지
문 두드려도 기척이 없다는 곳
가끔 대문 앞에 시루떡이 있는 날은
아, 누가 또 이사 가고 이사 왔구나
생각하면 딱 맞는 곳
늦은 밤에

덜덜거리는 고물 세탁기를 돌리거나
손님 찾아와 웃고 노래하고 떠들어도
그 소리 가슴에 묻고
서로서로 맘 알아주는 곳
해가 뜨면 잔디밭엔 민들레가 피고
노란 민들레 닮은 아이들은
6박 7일 삼백 원에 빌려준다는
빅뱅 비디오가게 앞에
제비새끼처럼 줄지어 서서
놀이방 유아원 유치원 버스를 기다리는 곳
해가 지면
먹다 버린 음료수 캔 몇 개가
길거리를 헤매고
오락실 안에는
내 덩치보다 더 큰 중학생들이
해 지는 줄 모르고 앉아서
총칼을 휘두르는 곳
아파트 쌀집 옆엔

바쁜 사람들의 눈길을 기다리며
하루도 빠짐없이 빨간 분꽃이 피고
그 사이로 도둑고양이 어슬렁거리는 곳

마산에서 창원으로
창원에서 진주로
진주에서 삼천포로
삼천포에서 다시 창원으로……
우리 식구가 여덟 번째 이사 와서 사는
가음정동 주공아파트 108동 403호

먹고사는 일

가음정동 열다섯 평짜리
우리 아파트 올라가는 창문마다
덕지덕지 붙어 있는 광고들을 본다

단체주문환영 처갓집 양념통닭, 아구국·아구매운탕·아구수
육·우정찜식당, 즉석피자전문점, 맛으로 승부를 건 맛─땡 왕족
발, 감치는 맛 풍부한 영양 흥부네 왕족발, 삼일가스, 샘터식물
원, 특수키 전문열쇠, 가음정석유, 하수구 뚫음 꽝, 이삿짐 센타
(주야 인부대기) 집수리 센타 대한설비……

서로 부대끼면서도
서로 양보하고 서로 기대어
새것은 새것대로
낡은 것은 낡은 것대로
빈자리 하나 남기지 않고
촘촘히 붙어 있는 광고들을 본다

먹고사는 일이 마치 전쟁 같아

악착같이 때론 눈물겹게 붙어 있는 광고들이
비에 젖고 바람에 시달려
여기저기 할퀴고 찢긴 채 나를 바라본다

먹고사는 일이 얼마나 애달픈지
목숨 하나 얼마나 모질고 질긴지
알기나 하느냐고
삶에 지쳐 휘청거리는 내 어깨를 잡는다

아내에게 미안하다

벌건 대낮에
여성회관 알뜰회관 교육회관으로
취미교실 다니는 여성들을 보면
아내에게 미안하다

생활꽃꽂이 꽃장식 동양화 인체화
서예 사진교실 풍물장고 생활기공
교실마다 가득 찬 여성들을 보면
아내에게 미안하다

혼인한 지 십칠 년
철없는 자식들 키우느라
어수룩한 남편 뒷바라지하느라
취미교실 문 옆에도 못 가 보고
뒤돌아볼 새도 없이 십칠 년

하루 일 마치고
달빛을 머리에 이고

파김치가 되어 돌아온
아내에게 미안하다

세상살이

비 내리는 일요일 대동백화점 일 층에서 옥수수를 고른다 비
내리는 일요일을 원망하던 사람들은 화풀이라도 하듯, 서로 쓸
만한 놈을 고르기 위해 애써 차려 입은 옥수수 옷을 마구잡이
벗겨 냈다 알이 여문지 벌레는 먹지 않았는지 몸뚱이는 큰데 속
은 볼품없는 게 아닌지 조금 작다는 까닭으로 조금 여물지 못한
까닭으로 조금 못생긴 까닭으로 조금 멍든 까닭으로 아무렇게
나 내팽개쳐진 몸뚱어리 길고 힘든 노동에 지친 내세울 것도 자
랑할 것도 없는 나를 닮은 저 몸뚱어리

미역국

오늘따라 미역국 맛있게 끓였다고
아내는 이 집 저 집 나눠 주기 바쁘다

이사 떡 얻어먹고
삶은 감자 얻어먹고
찰옥수수 얻어먹고
여기저기 많이 얻어만 먹고
갚지 못했다는 아내는 바쁘다

짭조름한 바다 냄새가
기분 좋게 나는 미역국을
이 집 저 집 다 나눠 주고
씩 웃는 아내는 바쁘다

싱겁거나 짜지는 않을까
입맛에 안 맞으면 어쩌지
내일 시험 치는 애들 있으면 어쩌지
더 이상 나눠 줄 데도 없는 아내는

이래저래 걱정이다

나도 덩달아 걱정이다
우짜노
미역국 싫어하는 사람도 있는데

사람이 그리운 날

참으로 오랜만에
아내도 일찍 퇴근하고
나도 일찍 퇴근하던 날

어, 당신 오늘 어쩐 일이우?
아니! 당신은 오늘 어쩐 일이우?

일밖에 모르고 살던 맞벌이 부부가
뜻밖에 서로 얼굴 마주 보고 앉았으니
어쩌랴, 허튼소리 자주 나불대는
텔레비전 보기에는 시간이 너무 아깝고
그렇다고 일찍 자기에는 더욱 시간이 아까워
여기저기 전화를 걸었다

친구 집에 전화를 걸었더니
아내가 공장에서 오지 않았다 하고,
아내 친구 집에 전화를 걸었더니
남편이 공장에서 오지 않았다 하고,

오늘따라
우리가 아는 사람들은 어찌나 바쁜지……

참으로 오랜만에 일찍 퇴근한 우리는
여기저기 전화질만 해 댔어
오늘 무슨 좋은 일이 있느냐구요
아니 별말씀을
바쁘게 살다 보니
아내나 나나 사람이 그리운 게지

생명보험

태어나 처음으로
생명보험에 들었습니다

한 달에 만 원만 넣으면
병으로 죽거나 사고로 죽거나
다쳐서 평생 일을 못 하게 되면
계약금의 오천 배인 오천만 원 준다는
은행 아가씨 달콤한 그 말에,

일하다가 손가락이 잘려도
잘린 손가락 수와 부위에 따라
정해진 돈을 넉넉하게 준다는 그 말에,

얇은 귀가 솔깃하여
아내에게 묻지도 않고
생명보험에 들었습니다

비록 다치거나 죽고 나면

나오는 돈이지만
아내와 어린 자식 놈들 생각하면
오늘은 집을 산 것처럼 든든합니다

버스를 기다리며

1
어린 자식들 돌보랴
집안 살림하랴 맞벌이하랴
바쁜 틈을 내어
오랜만에 친정집에 간다고
아내는 집을 나서기 전부터
마음이 들떠 있었다

밖에만 나오면
무슨 신바람이 그리도 나는지
그저 싱글벙글 장난질을 하는
철없는 아이들 앞세우고
버스를 기다리고 있었다

버스 타고
사십 분이면 닿을 수 있는 거리를
버스 기다린 지
사십 분이 지났다

삼십 분마다 한 대씩 오는 버스가
가끔 빠지면
한 시간 만에 올 때도 있다는
차표 파는 할머니 말을 들으며
또 삼십 분을 기다렸다

들뜬 마음으로 기다리다가
화가 나서 기다리다가
기다린 시간이 아까워서 기다리다가
어느새 저녁놀이 지고 어둠이 내렸다

2
오지 않는 버스를 기다리다가
무슨 일이든
가끔 포기하고 사는 것이
편할 수도 있겠구나 싶었다

가난한 우리들의 한 가닥 희망이
무너져 내릴 때에도
그저 그러려니 하고 사는 것이
편할 수도 있겠구나 싶었다

들뜬 기다림이
힘없이 무너져 내렸다
어떤 처지에서도
바위처럼 굳세게 살자던 약속이
바람에 흩어졌다
나는 흩어진 바람을 잡으려고
택시를 탔다

3
아내는 다시 마음이 들떠 있었다
이제 조금만 가면 친정집에 닿을 거라고
그러나 그것도 잠깐
신호등에 걸려도 올라가고

차가 밀려도 올라가는 요금 미터기에
눈을 뗄 줄 모르는 아내는
친정집이 가까워질수록 안절부절못했다

어쩌랴
산다는 게 기다림이었다가 절망이었다가
끝내 버릴 수 없는 실낱 같은 꿈이었다가
그렇게 흘러 흘러가는 것을

어버이날

혼인하기 한 해 전에
어머니를 잃고
혼인하고 세 해 뒤에
아버지를 잃은 아내는

지난해 큰 교통사고로
아들과 며느리를 가슴에 묻고
어린 손자와 단둘이 사는 옆집 할머니께
용돈 하시라고 오만 원 드렸다는 아내는

며칠 뒤, 그 할머니가
아이들 책 한 권 사 주라고 건네는
이만 원을
뿌리치지 못하고 받았다는 아내는

이만 원
돌려 드리지 못하고
큰 보물처럼

지갑에 넣어 다니는 아내는

이제 쓸쓸하지 않다

두 사람 이야기

마산수출자유지역 티시전자에서 일하던 경옥이와 창원공단 대한중기에서 일하던 정홍이는, 1982년 12월 26일 난로도 없는 썰렁한 양덕성당에서 혼인을 했대요. 찾아온 손님들이나 손님을 맞이하는 사람들도 모두 가랑이가 찢어지게 가난한 노동자였대요.

경옥이와 정홍이는 마산 석전동 달셋방 한 칸짜리 겨우 얻어 소박한 신혼 방을 꾸미고 살았대요. 날이 갈수록 두 사람의 사랑은 소박한 신혼 방처럼 깊어만 갔대요. 가난하다고 해서 사랑이 멀어지는 게 아니라, 가난할수록 더 깊어만 갔대요.

한 해 두 해 세월이 흘러 아들 영교와 인교가 태어났지만 변함없이 네 식구 달셋방 한 칸짜리에 살았대요. 가난한 사람일수록 방세 내는 날이 빨리 다가오는 것일까요? 눈만 뜨면 방세 내는 날이라며 부지런히 살았대요.

그렇게 그렇게 십사 년이란 세월이 흘렀지만 혼인식 때 찾아온 사람들도, 손님을 맞이하던 사람들도 달라진 것 없는 가난한 노동자래요. 달셋방만 여기서 저기로 저기서 여기로 옮겼을 뿐이래요.

그동안 경옥이와 정홍이는 쉴 새 없이 맞벌이를 했지만, 벌어들이는 돈보다 여기저기 꼭 쓰지 않으면 안 될 데가 더 많아 두 칸짜리 방에 살아 본 적이 없대요. 눈만 뜨면 내야 하는 방세 걱정에 잠을 설치기도 하지만, 오늘도 알콩달콩 행복하게 산대요.

밤색 목도리

서울 사는 친구가
새해 선물로 보내 준 밤색 목도리
누굴 줄까
망설이다 망설이다
아들 녀석에게 선물로 주었어요
고 녀석, 잠잘 때까지
목에 두르고 있었어요
참 흐뭇한 밤이었어요

다음 날, 아들 녀석은
친구 집에 놀러 갔다가
어젯밤에
좋아서 어쩔 줄 모르던 밤색 목도리를
친구에게 주고 왔어요

빌려준 것도 아니고
그냥 주고 왔어요
누굴 줄까 망설이지도 않고

그냥 주고 왔어요

2부

2부
*
나도 한번
걸어 보고
싶다

한 사람을 위해

밤 열 시
창원대로 현대정공 앞에서
한 사람이 건널목을 지나간다

오가던 차들이 모두 멈추고
팔 차선 넓은 길을
한 사람이 건널목을 지나간다

한 사람을 위해
저렇게 많은 차들이 기다려 주는
저 건널목을

나도 한번 걸어 보고 싶다
어깨를 펴고
천천히 당당하게

기다리는 시간

나는
사람을 만나는 일보다
사람을 기다리는 시간이 좋다

사람을 기다리다 보면
설레는 마음
시간 가는 줄 모른다

만나기로 한 사람이
오지 않으면
여러 가지 까닭이 있겠지 생각한다

내가 사람들에게
마음 놓고 베풀 수 있는 것은
사람을 기다려 주는 일

내가 사람들에게
마음 놓고 베풀 수 있는 것은

다음에 또 기다려 주는 일

나는
사람을 만나는 일보다
사람을 기다리는 시간이 좋다

몸무게

내 몸무게는
하루 일하지 않으면
삼백 그램 늘고
이틀 일하지 않으면
육백 그램 는다

내 몸무게는
먹는 만큼 늘었다가
일한 만큼 줄어든다

먹는 양과
일한 양을 견주어
한 치 오차도 없이
늘었다가 줄어드는
내 몸무게는 정직하다

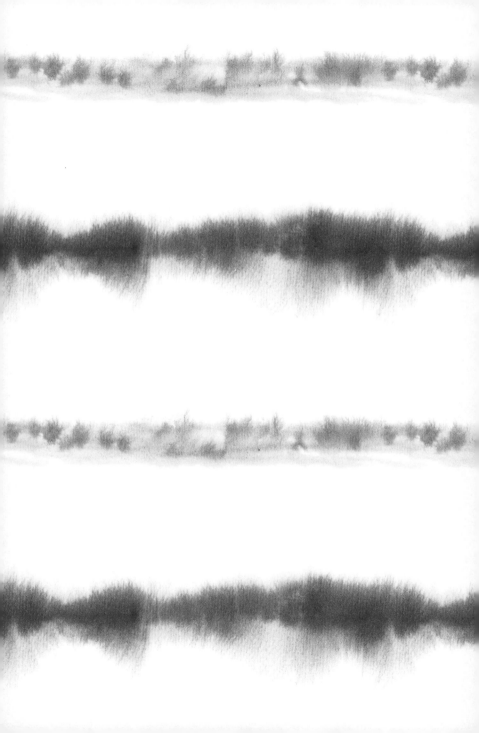

도시의 하루

밤늦도록 술 마시고 돌아와
거울을 보니,
거울 속에 비친 내 얼굴이
내가 아닙니다

사람들,
사람들 발길에 차이고 떠밀려
넘어지고 찌그러지고 멍들어 터진
저 얼굴은 내가 아닙니다

거울 속에
나 아닌 내가
하루를 살았습니다

이제는

어릴 적
꿈 많던 시절엔
이름 없는
사진작가가 되고 싶었습니다

들녘에
무리를 지어 핀 꽃이며
자유롭게 날아다니는 멋진 새들이며
잘 찍어서 나누고 싶었습니다

어느덧
자기 얼굴에 책임을 져야 한다는
나이 마흔을
줄넘기 넘듯 훌쩍 넘겼습니다

이제는
길고 고된 노동에 지치고 병든
내 속이나

잘 찍어 봤으면 좋겠습니다

쇳가루
기름때 용접연기 수북이 쌓인
내 속이라도
잘 찍어 봤으면 좋겠습니다

내 지갑 속에는

콩을 팥이라 해도 믿을 수 있는 동무가
수사修士가 되려고
경기도 미리내 수도원에 들어가면서
이제는 돈 벌 일도 모을 일도 없다며 주고 간
내 지갑 속에는

시내버스 승차권 일곱 장
여러 사람 손때 묻은 천 원짜리 세 장
동전 몇 개
지난 설날, 아우가 낡은 내 구두를 보더니
형, 새 구두 사 신어야겠다며
슬그머니 주고 간 구두 상품권 한 장
한자로 徐正鴻이라고 적힌 주민등록증
국적이 대한민국으로 찍힌 자동차 운전면허증
빛바랜 헌혈증서 두 장
회원번호 3333-07-64
사단법인 우리밀살리기운동본부 회원증서
자주 이사를 하는 바람에

주소와 전화번호가 바뀐 내 명함 몇 장
우리말우리글살리는모임 편집위원 주소
곱게 접은 마산·창원 민주청년회 강연 요청서
길 건너 장의사 사무실 개업할 때 받은
전화카드 한 장

그리고
돼지꿈 꿨다고 술김에 산
주택복권 한 장과
그 꿈을 믿는 참 부질없는

세월은

일본 문화라고 그리도 싫어하던 내가 오랜만에 후배들과 어울려 노래방에 갔는데요 요즘은 아이들 데리고 온 식구들이 함께 즐겁게 손뼉 치고 어울려 놀 만큼 우리 삶에 스며들었는데요 그러나 골목마다 노래방 생기기 전엔 가까운 솔밭에 둘러앉아 함께 손뼉 치고 노래 부르면 술 없어도 흠뻑 취할 수 있었는데요 노래방 생긴 뒤 좁은 밀실 담배 연기 속에서 쿵짝쿵짝거리는 반주 따라 소양강 처녀가 나오더니 거울도 안 보는 여자가 반쯤 옷을 벗고 밤거리를 헤매는데요 나는 내 차례에 밀려 겨우 고른 노래, 80년대 최루가스 뒤집어쓰고 거리거리에서 어깨 겯고 부르던, 손뼉 쳐서 박자 맞추기도 힘든 양희은의 노래, 아침 이슬을 부르는데요 그만 흥겨운 분위기 다 죽여 놓고 말았는데요 남행열차를 타고 오, 즐거운 인생을 노래하는 사람들의 세월은 강처럼 흘러 흘러가고 나는 나를 붙들고 늘어지는 아침 이슬만 악을 쓰고 부르는데요 서러움 모두 버리고 나 이제 가노라고 아무리 악을 써 봐도 갈 수 없는 세상에서 비지땀을 쭉쭉 흘리는데요

축구시합

먹고사느라 고향 마을을 떠난 지
열다섯 해 만에
흩어져 살던 고향 친구들과 후배들이 만나
축구시합을 했다네

이제 마흔 살이 된 우리
마흔 살 가까운 후배들
전반전 끝나기도 전에
헐떡헐떡 숨넘어가는 소리 들으며
그제야 함께 늙어 가는 줄 알았네

대기업 노조위원장 하다가
교도소 몇 해 살다 나온 민철이
아들이 갑자기 교통사고로 죽고
술에 절어 산다는 태수
아내가 위암에 걸려
두 달째 병원에 누워 있다는 상욱이
일하다가 기계에 손목이 날아간 뒤

쥐꼬리만 한 보상금으로
구멍가게 차렸다는 창건이
친구 보증 섰다가
집까지 날려 버리고 셋방살이 한다는 지환이

이런저런 마음 짠한 이야기를 나누며
주거니 받거니 마신 막걸리에
모두 거나하게 취해
누가 이기고 졌는지 알 수가 없네

자본주의와 나 1

내가 오직 한 군데
사람대접 제대로 받는 곳은
회원구 봉암동 현대주유소다

덜거덕거리는 고물차거나 말거나
먼지 뿌옇게 쌓였거나 말거나
팔십 년대 엑셀을 몰고 들어서면
와, 벌 떼처럼 다가와 깍듯이 인사를 한다

— 어서 오십시오!
기름 얼마나 넣어 드릴까요?

나는 차 안에서
안전띠를 조금 늘이고
어깨 힘을 주면서

— 가득 채우시오!

기름 채우는 동안
앞쪽 옆쪽 유리를 반질반질 닦아 주고
껌도 주고 사탕도 준다

내가 오직 한 군데
사람대접 제대로 받는 곳은
회원구 봉암동 현대주유소다

나는 이곳에서
자주 기름을 넣는다

자본주의와 나 2

잦은 특근과 잔업으로
온몸이 뻐근하면
억지로 틈을 내어 마을 목욕탕에 간다

목욕비도 올랐는데
어지간하면 집에서 하라는 아내의 말을
듣고도 못 들은 척하고 간다

더운 물에 온몸을 담그고
때밀이판 가리개에 붙어 있는
숫자들을 본다

— 요 금 표 —
어 린 이 5,000원
중 고 생 8,000원
어   른 10,000원
전신안마 10,000원

나도 가끔, 아주 가끔
때밀이판에 가만히 드러누워
몸을 맡기고 싶다

돈만 주면
안 되는 일이 없는 세상에
몸을 맡기고 싶다

얼굴

사람들은, 내가
공장에서 기름때 묻은 얼굴로 일할 때는
진짜 노동자 같다고 한다

사람들은, 내가
들녘에서 흙 묻은 얼굴로 일할 때는
진짜 농사꾼 같다고 한다

사람들은, 나를
누구와 많이 닮았다고 한다
외삼촌 이모부 아재 선배……

사람들은, 나를
누구와 많이 닮았다고 하지만
나는 서로 닮았다고 한다

내가 있는 곳에
서로 닮은 사람들이

함께 살고 있으니

어머니 1

일제강점기, 일본으로 끌려가
젊은 나이에
한쪽 다리를 못 쓰게 된 아버지와
어린 자식 놈들 배 곯리지 않으려고
공사장마다 쫓아다닌 어머니는

남의 집 짓느라
팔 다리 어깨 허리……
어디 한 군데
성한 곳 없는 어머니는

버거운 삶에 지쳐
흐르는 눈물이야 속으로 다 삼키고
아들 셋 딸 셋
혼자 힘으로 다 키우신 어머니는

긴 나날, 남의 집만 짓고 살다가
식구들 편히 누울

따뜻한 집 한 채 마련하지 못하고
이젠 누워만 계신 어머니는

병명이 골병이란다
잠 한 번 실컷 자 보는 게
평생소원이라던 어머니는

어머니 2

어린 자식 놈은 학교 보내고
조금 큰 놈은 공장에 보내고
병든 몸으로 혼자 누워
얼마나 쓸쓸했을까
얼마나 추웠을까
산동네 얼음장 같은 방에
혼자 웅크리고 앉아 숨을 거두신 어머니
효자로 소문난 형도,
말썽꾸러기 누나도,
힘장사 덕배 아저씨도,
웅크린 다리 아무도 펼 수 없었다
아랫마을에 사는 외삼촌
— 아우야, 이제 고생 다했으니
아무 걱정 말고 다리 쭉 뻗고 편히 쉬어라
그 말 한마디와 함께 떨어진 따뜻한 눈물 한 방울
싸늘하게 식은 어머니 두 뺨에 흐르더니
웅크린 다리가 저절로 펴졌다
마을 사람들은 핏줄보다 진한 게 없다지만

어찌 다정한 말 한마디,

따뜻한 눈물 한 방울에 견줄 수 있으랴

엉터리 시인의 기도

이 세상에 사는 동안
시를 쓰는 일보다
땀 흘려 일하는 기쁨으로 살게 하시고
땀 흘려 일해도
기쁨이 없는 사람들을 생각하게 하소서
사람을 사랑하고
사람을 사랑하는 만큼
사람들이 무심히 밟고 지나쳐 버린
키 작은 들풀 한 포기 눈여겨보게 하소서
물이 흐르듯이
생각은 깊고 낮은 곳으로 스며들게 하시고
낮은 곳에서도 희망을 잃지 않게 하소서
그리고 열심히 살아온 사람들 앞에서
시를 쓰는 일이 늘 부끄럽게 하소서

3부

*

욕심
내려놓고
느릿느릿

못난이 철학

꼬질꼬질 때 묻은 방을

걸레질해 본 사람은 안다

구석구석

가장 낮은 자세로 기어 다녀야만

반질반질 빛난다는 것을

오이 덩굴손

땅에 아무렇게나 떨어진
지푸라기 하나 찾아내어

돌담 사이에서 자라는
들풀 줄기 하나 찾아내어

이리저리 발에 밟히는
마른 나뭇가지 하나 찾아내어

앞으로 옆으로 위로 사방팔방
덩굴손을 야무지게 뻗어 감는다

여름 뜨거운 땡볕 아래서도
긴 장마와 큰 비바람 속에서도

풍경

쇠창살 안에 갇혀 어디론가 실려 가는 개들의 눈빛이, 하나같이
하나같이 저녁노을에 젖었다

소나무 이사 가신다

먹고살 밥그릇 하나 없이

낯선 바람에 휘청거리며

구름을 벗 삼아 가신다

흔들흔들 짐차에 실려 가신다

아름다운 사람

임길택 시집 《할아버지 요강》을 읽고

소풍길에
강둑 따라 늘어선 아이들 모습이
그냥그냥 꽃이라는
당신의 시를 읽습니다

언덕길 힘들게 오르다가도
손드는 사람 있으면
그냥 지나치질 않는
완행버스 같은 사람이 되고만 싶다는
당신의 시를 읽습니다

가뭄더위에
논바닥 쩍쩍 갈라 터진 틈 사이로
가랑비 스며들 듯
슬며시 가슴이 젖어 오는
당신의 시를 읽습니다

서로 기댈 언덕조차

스스로 무너뜨리고 사는 사람들 속에서
당신의 시를 읽다가
당신을 만났습니다

그냥그냥 꽃같이 아름다운 사람
완행버스처럼 푸근한 사람
누구든지 언덕길 힘들게 오르다가
손을 들면 만날 수 있습니다

시인 남호섭

연둣빛 잎새들이 피워 올리는
산안개 바라보다
꼿꼿이 서서 푸짐하게 똥 누는
소를 바라보다
때론 찔레꽃 냄새에 취해

시 한 편 쓰지 못했다고
엄살을 떠는 시인이
우리 마을 가까이 산다

시인은 학교 틀이 완전히 뒤집혀
맨발에 반바지를 입고 수업을 해도 괜찮은
산청 간디학교 선생이다

선생으로 살다 힘겨울 땐
시 뒤로 숨고,
시인으로서 부끄러울 땐
학생들 뒤로 숨으며 살아가는 여린 시인이다

따스한 봄 흙이 보슬보슬 묻어 있는
냉이랑 달래가 듬뿍 담겨 있는 광주리를
학생들한테 선물로 받고는
수업 팽개치고 그냥 같이 놀고 싶은 시인이다

그냥 시인이 아니다
지리산 너른 품에 아이처럼 안겨서
별것 아닌 일로 얼굴 빨개지도록 웃고
방충망에 달라붙은
매미, 풍뎅이, 태극나방한테도 인사를 한다
우리 집에 불 끌 시간이라고

집 없는 달팽이처럼
천천히 달리는 시골 버스처럼
욕심 내려놓고 느릿느릿 살고 싶은 시인이
내 마음 가까이 산다

우리말

삶이 고달플 때
파이팅 말고
힘내자, 우리!

슬픔이 밀려올 때
파이팅 말고
힘내자, 우리!

주저앉고 싶을 때
파이팅 말고
힘내자, 우리!

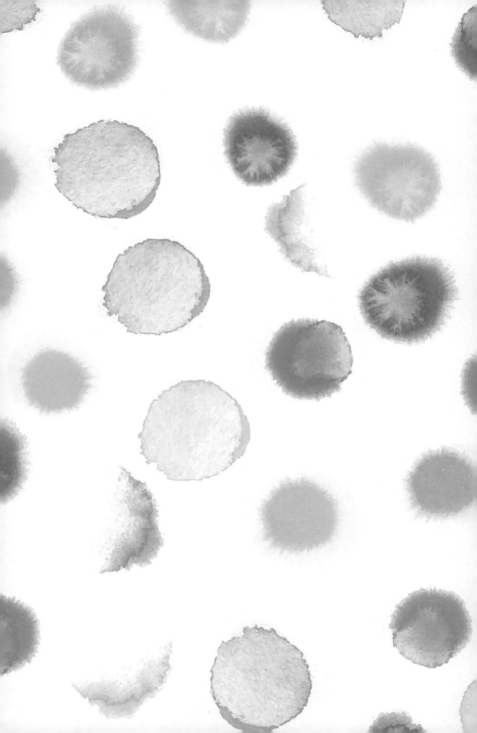

궁금해요

왜
'아기집'이라 하지 않고
'자궁子宮'이라 했을까요?
아들만 낳으라는 걸까요?

왜
'아기차'라 하지 않고
'유모차乳母車'라 했을까요?

왜
문패에 부부 이름을 쓸 때
남자 이름을 앞에 썼을까요?

왜
아내가 '집사람'이 되었을까요?
남편은 '집사람'이 되면 안 되는 걸까요?

왜

'여남'이라 하지 않고 '남녀'라 했을까요?
'자매형제'라 하지 않고 '형제자매'라 했을까요?
'신부 신랑'이라 하지 않고 '신랑 신부'라 했을까요?
'딸아들'이라 하지 않고 '아들딸'이라 했을까요?
(컴퓨터도 아들을 앞에 두기 좋아 하는지,
'딸아들'로 치면 빨간 줄이 자꾸 생겨요.)

강도

다음 국어사전

강도 : 폭행이나 협박으로 남의 재물이나 재산을 빼앗는 도둑.

네이버 국어사전

강도 : 폭행이나 협박 따위로 남의 재물을 빼앗는 도둑. 또는 그런 행위.

양심 국어사전

강도 : 일하지 않고도 떵떵거리며 사는 사람. 또는 한평생 쓰고도 남을 재산을 가진 사람.

사람들을 무어라 부르느냐

너는 뜨거운 물 속에서
오래오래 펄펄 끓을수록
맛이 우러난다

너는 살이 익고
실낱같은 뼈가 익고 익을수록
맛이 우러난다

눈 코 귀 입 지느러미
여러 내장이 푹푹 익고
살 한 점 뼈 하나 남기지 않고
다 주어야 맛이 우러난다

사람들은 너를 멸치라 한다
너는 사람들을 무어라 부르느냐

죽음이 가까울수록 욕심만 늘고
곧 죽어도 넓고 좋은 땅에 묻혀서

천년 만년 살고 싶은 사람들을
너는 무어라 부르느냐

유효기간

무농약 무표백 무방부제
우리밀 라면 봉지에
정확하게 찍힌 유효기간처럼

사람들 목숨에도
정확하게 유효기간이 찍혀 있다면
우리는 오늘, 무엇을 하고 있을까요?

정확하게 찍힌 유효기간만큼
딱 그만큼만 살 수 있다면
부질없는 세상 욕심 버릴 수 있을까요?

아, 그렇게 해서라도
부질없는 세상 욕심 버릴 수 있다면
사람들 목숨에도 유효기간을 찍어 주시기를

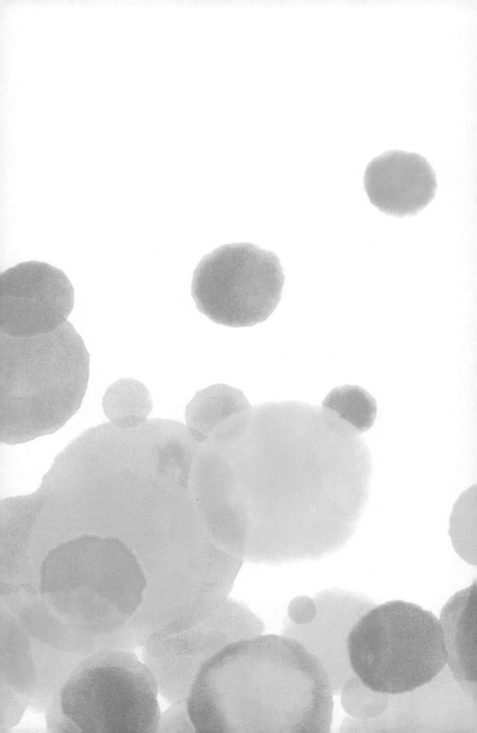

낭만

뿌연 작업장에서 일하다
잠깐 멈추어
고향 마을을 생각하면
슬그머니 찾아온다

동료들과 점심을 먹다
잠깐 멈추어
작업장 언덕에 핀 꽃다지를 보면
슬그머니 찾아온다

설레는 퇴근길
잠깐 멈추어
저녁놀을 바라보면
슬그머니 찾아온다

집

집에서 거짓말을 하면
그 거짓말이 세상 밖으로 나간다
집에서 미움을 받으면
그 미움이 세상 밖으로 나간다
집에서 폭력을 쓰면
그 폭력이 세상 밖으로 나간다
집에서 전쟁이 일어나면
그 전쟁이 세상 밖으로 나간다

그래서
그리하여

사람의 중심은 집이다
그 집에 사는 사람들이
세상을 움직여 나간다
세상의 중심은 집이다

위대한 사람

아침에 식구들과
같이 일어나 방을 정리하고
함께 체조를 하고

함께 밥상을 차리고
함께 밥을 먹고
함께 설거지를 하고

저마다의 자리에서
고달픈 하루를 보내고 돌아오면
서로 안아 주거나 발을 씻어 주고

저녁을 먹고 잠들기 전에
손에 손을 잡고
밤하늘 별을 노래하고

쉬는 날엔
같이 이불을 빨랫줄에 널고

방 구석구석 쌓인 먼지를 닦고

그리하여
아주 작은 일에도 정성을 다하는
그 사람

4부

*

잘난 사람
못난 사람이
어디 있나

세상 이야기 1

소년 가장 철민이

밤 아홉 시
중안동 평화분식집에
열네 살 소년 가장 철민이가
숟가락을 닦고 있습니다

말쑥한 젊은이들 여기저기 앉아서
우동 달라 소주 달라 소리를 지르면
철민이는 숟가락 닦다가
우동도 나르고 소주도 나릅니다

반쯤 취한 젊은이들
무어 그리 신나는지
쉬지 않고 시시덕거리고

철민이는 누가 보든 말든
아— 아하—
입이 찢어져라 하품을 합니다

세상 이야기 2
막차를 기다리며

　겨울, 이 찬바람은 어디서 왔다가 어디로 가는 것일까. 사람들
은 옷깃을 여미며 35번 막차를 기다리고 있었다. 골목, 커피 자
판기 옆에는 젊은이 몇몇 어울려 커피를 마시고 있었고, 커피를
마시기 위해 줄을 서 있기도 했다. 다 마신 어느 젊은이는 종이
컵을 손으로 꽉 우그러뜨리고는 길바닥에 내팽개쳤다. 아무도 말
한마디 하지 않았다. 쓰레기통 옆에는 고등학생쯤으로 보이는 젊
은 여자가 못 먹는 술을 억지로 마셨는지 계속 토하고 있었고,
함께 마신 것처럼 보이는 젊은 사내가 등을 두드려 주고 있었
다. 손가락을 넣고 토해도 속이 메스꺼운지 막차가 왔는데도 자
꾸 캑캑거리고 있었다. 마신 걸 토해 내기도 힘든데 저토록 먹기
에는 무슨 기막힌 사연이 있었겠지. 나는 혼자서 중얼거리며 막
차에 올랐다. 창밖을 보니 길바닥에 일회용 종이컵이 바람에 날
리고, 버스는 바람보다 더 빠르게 내달렸다. 구겨진 종이컵 같은
도시 사이로.

세상 이야기 3
잊을 만하면 찾아오는 사람

잊을 만하면
발가락이 삐져나온 털신을 신고
머리를 풀어 헤치고
마을에 쑥 나타나는 사람이 있다

어떤 사람은
젊었을 때 머리가 너무 좋아
정신이 돌았다 하고,
어떤 사람은
아내가 가난에 못 이겨
어린 자식새끼들 두고 집을 나간 뒤
정신이 돌았다 하고,
정확한 사연을 아는 사람은 없다

아는 것은
그 사람이 살아 있다는 것과
가끔 바른 소리도 한다는 것이다

—네놈들이 믿기는 누굴 믿어. 예수를 믿어 부처를 믿어. 에라이 이놈들아, 닭 똥구멍이나 믿어라. 이 쓸데없는 놈들아! 너희들끼리 잘 먹고 잘살려면 비싼 돈 들여 교회고 절이고 짓지 말고 친목계나 만들어라. 썩어도 거름도 안 될 놈들아!

마을 사람들은 그를 미쳤다고 하지만
그는 세상이 미쳤다고 한다
자꾸만 자꾸만 세상이 미쳤다 한다

세상 이야기 4
수철이 어머니

똥구멍 찢어지게 가난한 살림살이
지지고 볶으며 사느라
단 하루도
마음 편할 날 없는 수철이 어머니

예수 믿기만 하면
천당 간다는 말을 듣고 나서
얼른 죽어서 천당에서 사는 게
한 가닥 꿈이 된 수철이 어머니

달동네 휘영청 달은 밝은데
또 싸우나 보다

—야 이년아!
애새끼 밥도 제대로 해 멕이지 못하는 년이
무슨 얼어 죽을 놈의 천당이냐
—그래, 이눔아 날 잡아묵어라
니가 나한테 해 준 게 뭐 있다고 생지랄이고

싸우고 얻어터지면서도
예수 믿으세요
믿기만 하면 천당 간다는 수철이 어머니

세상 이야기 5
늘은 어머니와 아들

출발 오 분 전이다
어머이, 김밥 좀 샀십니더
출출할 때 드이소
뭘 이런 걸 사 와

출발 삼 분 전이다
어머이, 목 맥힐까 봐 식혜 한 개 샀십니더
천천히 드시면서 가이소
야야, 바쁜데 얼릉 가지 않고

출발 일 분 전이다
어머이, 이 돈 아무도 주지 말고 쌈짓돈 하이소
아까 며늘애한테 받았는데 또 받아야
아무 말 마이소, 어머이
이 돈은 아내 몰래 제가 드리는 겁니더
야야, 쌈짓돈이 주머닛돈 아이가
묵고사느라 객지서 고생하는 너거나 쓰지
어머이, 고향 가시거들랑 맛있는 거 사 드이소

112

늙은 기 뭐가 묵고 싶겄노

출발 직전이다
버스에서 아들이 내려 손을 흔든다
어머이, 이번 설에는 꼬옥 내려가겠십니더

아들이 서 있던 자리가
학교 운동장만 하다는 늙은 어머니는
애써 못 본 척하느라 눈을 둘 데가 없다

세상 이야기 6

순덕이

얼굴은 좀 못났지만
어릴 적부터 하도 마음이 순해
마을 사람들이 순덕이라 불렀다
(이 세상에 잘난 사람 못난 사람이 어디 있나
사람이면 그냥 사람이지)

산동네 다 쓰러져 가는 판잣집
가난한 노총각에게 시집가서 억척같이 산다더니
그게 아니었나?
어제 농약을 마시고 도립병원에 닿자마자
죽었다는 소식을 듣고
내 마음에 찬바람이 불고 지나갔다

고생 뒤에 낙이 온다고
이제는 걱정 없이 잘 산다더니
그건 뜬소문이었을까?
손수레를 끌고 다니며 고물장사 하느라
집집마다 가게마다 돌아다니며

114

손발 부르트고 뼈마디 으스러지도록 일해서
집안 일으켜 세웠다더니?

살림살이 넉넉해질수록
애써 키운 자식새끼들은 빗나가고
남편은 남편대로 바람을 피우고
독한 시어머니는 만날 잘난 아들 편만 들었다지
그래서 마음 하나 둘 데 없는 순덕이는
독한 농약을 마시고
목과 가슴이 시커멓게 타서 죽었다지
죽으면서 유언처럼 한마디 했다지

— 이나마 잘 살게 된 게 누구 덕인데

세상 이야기 7
순이 할머니

귀한 논을 팔아
아들놈 대학 보내고
귀한 밭을 팔아
딸년 시집보내고

이젠 팔 논도 밭도 다 사라지고
한평생 농사일에 오만 데가 병이 들어
창원 큰아들이 사는 아파트로 이사 갔다
순이 할머니는

그 소식을 들은 동네 사람들은
모두 자기 일처럼 걱정 또 걱정을 했다
며느리 등쌀에
밥이 목으로 넘어가지 않을 텐데
온갖 눈치 다 받으며 사느니
죽어도 그냥 고향 마을에서 죽지

말이 씨가 되었을까?

아파트에서는 갑갑해서 못 살겠다던
순이 할머니는
그해 겨울을 넘기지 못하시고 먼 길 떠나셨다
갑갑해서 하도 갑갑해서

세상 이야기 8
막걸리 몇 잔에 취하고

싸구려 장롱 하나 마련하지 못하고
불알 두 쪽만 달랑 차고
장가든 수영이는

가진 것 없는 놈들은
한 번 일어서기 여간 힘든 게 아니라더니
아이 둘 낳고도
아직 산동네 셋방살이 벗어나지 못하고 산다

살림살이 가난해도
마음은 펄펄 끓는 쇳물처럼 뜨거워
힘에 버거운 하루 일 마치고
피곤함도 잊은 채 시를 쓴다

문학성이 어쩌고저쩌고 시부렁거리는 시인들은
제가 쓰고도 무슨 말인지 모르는
알쏭달쏭 어려운 시를 지어내지만,
수영이는 땀 흘려 일하면서 온몸으로 시를 쓴다

돈 많고 이름 날리고 살면
어느 모퉁이서 시가 나오겠느냐고
봄꽃처럼 웃고 사는 수영이는 시인이다

누가 시인이라 부르지 않아도
비록 그 흔한 신문에
이름 한 번 실린 일 없어도 좋다

시인이 무어 별거냐
그저 사람이 좋아
제 돈 아끼지 않고
술 한잔 나눌 줄 아는 사람은
모두 다 시인이라며 웃어넘기는 수영이와
공단 잔디밭에 앉아 막걸리를 마셨다
주거니 받거니
함께 마신 막걸리 몇 잔에 취하고
뜨거운 정에 취해 하루가 저물었다

세상 이야기 9
막노동꾼 박씨

이 사람아, 내 말 좀 들어 보게
시상천지에 경력 쌓이고 나이 들수록
임금 적어지는 사람은
막노동꾼 말고 또 어디 있는가
세월 갈수록 몸뚱이 병들고 오라는 곳 없고
돌아갈 고향도 논밭 한 뙈기도 없는디
나이 들고 직업 바꾸기가 그리 쉽던가
그러나 말이야 바른 말이지
우리가 아니면 누가,
어느 누가 이렇게 힘들고 험한 일 하겠는가
이 사람아, 자네는 신가 뭔가 쓴다믄서
나 이대로 살다가 병들고 꼬꾸라지더라도
경력 쌓이고 나이 들수록
임금 적어지는 사람은
시상에 막노동꾼밖에 없다고 기록해 두게
집 짓고 공장 짓고 길을 내는
막노동꾼 이야기 말이여
꼭 기록해 두어야 쓰겄네

우리 아이들이
읽고 쓰고 배우는 책 속에도
내 이야기가 나왔으면 쓰겠어

사람

사람을 만나

내가 사람이 되었습니다

사람을 만나

당신도 사람이 되었습니다

사람을 만나

우리는 사람이 되었습니다

단골손님

그 친구 이름은 정종철이다
직업은 평화공업사 자동차 정비공이다
진주 상평공단 구석진 자리
남의 땅을 빌려
30년 넘도록 자동차를 고치고 있다

부서지고 쭈그러지고
이래저래 고장 나고 상처 입은 자동차들이
그 친구 손만 닿으면 멀쩡하게 새 차가 된다

하루 다섯 대만 고쳐도
30년이면 5만 대가 넘는 자동차를
혼자 힘으로 고친 것이다

그 친구 손과 어깨와 허리와
허벅지와 종아리와 발과 근육들은
마치 고장 난 자동차를 고치려고
만들어진 것처럼 야물고 단단하다

세월 앞에 장사 없다고
고장 난 차가 새 차가 되는 동안
그 친구 몸은 부서지고 쭈그러져
어디 멀쩡한 데가 없다

그 몸으로
산골 농부들 짐차는
부속 값만 받기도 하고,
기분 좋은 날은 공짜로 고쳐 준다

그 친구가
기분 좋을 때만 찾아가는
단골손님이다, 나는

아파트 경비실

벗이여, 가끔
경비 아저씨와 인사를 나누시게

맨손체조도 할 수 없는
좁디좁은 경비실 안에서
고달픈 하루를 견디는 경비 아저씨
그 곁을 지키는
땀 냄새 절은 작업복
그리고 모자
거머리처럼 붙어 있는 벽걸이 선풍기
지나온 삶처럼 구겨진 경비 완장
교대자를 기다리는 빈 옷걸이

새벽이 와도
새벽을 기다리는 사람에겐
새벽은 쉬이 오지 않아

벗이여, 가끔

경비실 아저씨와 인사를 나누시게

우리가 따스한 눈길 한 번
제대로 주지 않는 그곳에도
사람이 살고 있다네

생명보험
철근쟁이 김해화 시인의 넋두리

잘 차려입은 보험설계사님이
내게 직업이 뭐냐고 묻기에 말이여
공사장 막일꾼이라 했지 뭔가
시상에 공사장 막일꾼은 사람도 아닌가 벼
생명보험 넣고 싶어도 안 된다고 혀
하기사 조금만 한눈팔아도
빙신이 되거나 뒈지는 곳이 공사장이잖어
그라이 보험회사가 빤히 손해 볼 줄 알면서
생명보험 넣어 줄 수 없지라

잘 차려입은 보험설계사님이
혹시 공사장 막일꾼 말고
다른 직업은 없냐고 묻기에 말이여
시인이라고 했지 뭔가
시상에 더 물어볼 것도 없다는 듯이
당장 생명보험 들라는 거여
참, 엿같은 시상이여

고수

한 도시에서
이십칠 년 뺑뺑이 돌았으니
손님 가자는 데
눈 감고도 길 찾을 수 있고

옷 입고 다니는 꼬락서니와
몇 시에 어디서 타느냐
그리고 택시 기사한테
어떤 투로 말을 던지는지 들어 보면
뭐 해서 먹고사는 연놈인 줄 알고

때론 얼굴만 척 봐도 직업이 뭔지
단박에 알 수 있다는 택시 기사님이
합석하자며 손을 드는 손님을 척 보더니

—저 사람 실직당한 지 서너 달쯤 됐지, 아마
아직은 퇴직금 받은 돈이 있으니
택시 탈 수 있겠지만

몇 달 지나면
버스 타기도 힘든 사람이야

농담 삼아
합석한 손님한테 물어보았더니
그 사람 참말로
실직당한 지 서너 달쯤 됐단다

가족사진

안동 어르신의 아들 삼 형제는
모두 혼인을 하여
도시에서 고만고만하게 살아요

그런데 첫째와 둘째 아들 가족사진은
안동 어르신 거실 벽에 떡 걸려 있는데요
셋째 아들 가족사진은 없어요
당연히 무슨 까닭이 있겠지요

첫째 아들은 학교 교사고
둘째 아들은 시청 공무원인데요
셋째 아들은 작은 공장에 다녀요
그래서 남 보기 창피해서
가족사진을 걸지 않았대요

부모한테 물려받은 재산이라고는
송아지 한 마리밖에 없었다는 안동 어르신은
산골에서 일벌레처럼 뼈 빠지게 농사지어

새 집도 짓고 논밭도 샀지요
고생한 이야기를 누구한테 다 하겠어요
그저 산골 마을에 손님 찾아오면
자식 자랑하는 재미로 사는 게지요

그러나 셋째 아들은 자랑할 게 없어
생각할수록 가슴이 찢어지지요
그래서 셋째 아들이 대기업에 들어가서
출세하기 전까지는
가족사진을 절대 걸지 않을 거래요

어쩌나요?
마을에서 효자로 소문난 셋째 아들 나이가
어느덧 마흔이 지났는데

차이

넉넉한 사람들은

죽기가 두려워 기도하고

가난한 사람들은

살기가 두려워 기도한다

밥과 글

합천군 적중면에서 우리밀 수매 교육을 마쳤는데요. 서울에서 내려온 실무자가 교육을 받은 농민들한테 말했어요. 교육자 명단에 손수 이름과 주소를 적어야만 밥을 먹을 수 있다고요. 그 말을 듣자마자 글을 모르는 농민들은 옆 사람 눈치만 슬슬 보는데요. 칠팔십 평생 글 모르고도 힘든 농사 다 짓고, 자식새끼들 학교 보내고, 이웃들 섬기며 이날까지 잘 살아왔는데요. 밥 한 그릇 나눠 먹는데, 내 손으로 이름 안 쓰면 밥 안 주는 거냐고 물었어요. 실무자가 교육비 밥값을 지원받으려면 손수 사인한 증거가 있어야 한대요. 그 말을 얼른 알아들은 농민이 글을 쓸 줄 모르는 동료들의 이름과 주소를 대신 적어 주었어요. 제 손으로 농사짓고도 눈칫밥 먹는 농민이 몇몇 있었다니까요.

모집공고

사람들이 돈과 편리함으로 가득 찬
도시로 도시로 떠났지만
떠나지 못한 아니, 떠날 수 없는
어르신들만 남은 곳에

사람 기운은 이미 사라진 지 오래
새봄이 와도 제비 찾아들지 않고
처마 밑에 거미줄만 가득한 곳에

힘겨운 농사일과 독한 농약에 찌든 몸은
새벽녘 초승달처럼 쪼그라들고
말이야 쉽게 살아 있는 게지
달랑 숨만 붙어 있는 곳에

자연의 순리에 따라
어깨 힘을 빼고
시와 노래를 사랑하고
자연과 사람을 섬기고

날마다 땅에 머리 숙이며
겸손하게 살고 싶은 사람을 모집함

출퇴근 시간은 아주 자유로움
몹시 더운 한낮에는 일하지 않음
피곤하면 낮잠도 푹 잘 수 있음
해가 지기 전에 모든 일을 마침
몸과 마음이 아픈 날은 반드시 쉬어야 함
월급과 상여금은 스스로 결정할 수 있음
수당은 시도 때도 없이 하늘이 내려 줌
하늘이 도운다면 뿌린 만큼 거둘 수 있음
먹고사는 일은 크게 걱정하지 않아도 됨
그러나 반드시 소비를 줄이고 소박하게 살아야 함
학력증명서와 성적증명서 따위는 제출하지 않아도 됨
다만 내가 무엇을 할 때 기쁘고 행복한지,
어떤 꿈을 꾸면 마음이 설레는지를 적어 와야 함
마을 둘레에 있는 음식을 잘 가려 먹기만 하면
비싼 보약은 절대 먹지 않아도 됨

돈 주고 물을 사 먹지 않아도 됨
맑은 공기는 늘 공짜임
탐욕을 줄인다면 틀림없이 제 명대로 살 수 있음
무엇보다 사람으로 태어나
위대한 일 가운데 가장 위대한
밥상 차리는 일을 스스로 할 수 있음

다만 한 가지 간절한 부탁은
메마른 도시에서 물든
못된 이기주의와 같은 찌꺼기는
깡그리 버리고 와야 함
버리면 버릴수록,
그 빈자리에 평화가 강물처럼 흐를 것임
참으로 슬기롭고 용기 있는 사람을 모집함

신기한 약

창고에 하도 쥐가 많아서요
농약방에 쥐 잡는 약을 사러 갔는데요
농약방 주인이 아주 친절하게 말했어요

새로 나온 이 쥐약은
쥐 다니는 곳에 두기만 하면 돼요
쥐가 이 약을 먹으면
눈이 차츰차츰 어두워져서 죽거든요
그런데 죽을 때는 밝은 데로 나와 죽어요
참 신기한 약이지요

친절한 주인 말씀을 듣고
이 신기한 약을
사야 하나 말아야 하나
갑자기 앞이 캄캄해지지 뭡니까

상욱이

내 친구 상욱이는 틈만 나면 아니, 틈을 내어 노름을 해요. 아내한테는 회사 일이 바쁘다는 둥 출장 중이라는 둥 이리저리 거짓말을 둘러대고는 노름을 해요. 하루는 운이 좋아 삼백만 원이나 땄대요. 그 돈을 아내 몰래 장롱 위에 있는 전기밥솥에 넣어두었는데요. 하필이면 그 다음 날이 아버지 제삿날이라, 아내가 그 밥솥을 쓰려고 끄집어내다 그 돈을 보았다지 뭡니까.

"여보, 이게 무슨 돈이요? 혹시 나 몰래 무슨 짓을?" "아니, 남편을 어떻게 보고." "그럼 이게 무슨 돈이냐고요? 바른 대로 말해요, 얼른." 상욱이는 일이 더 커지기 전에 털어놓아야겠다 싶어 노름해서 딴 돈이라고 했대요.

아내는 아버지 제사가 끝나자마자 아주 천천히 아주 정중하게 말했대요. "여보, 지금 당장 전기밥솥 안에 있는 돈을 주인한테다 돌려주소. 같이 노름한 사람들한테 전화를 걸어 얼마 잃었는지 알아보고 계좌로 다 보내 줄라요? 아니면 나랑 자식새끼들이랑 다 버리고 혼자 살라요?"

아무리 돈이 좋다고 하지만 돈보다야 아내와 자식새끼들이 소중한 줄 아는 상욱이는, 노름판에서 딴 돈을 돌려주느라 야단법석을 떨었대요. 그걸 지켜보고 있는 아내 앞에서 찍소리 못하고 다 돌려주었대요.

사람 사람 사람들

남한테 베푼 것을
오래도록 기억하는 시시한 사람

자신에게는 너그럽고
남한테는 까탈스러운 사람

자기 생각만이 옳다고
밀어붙이는 어리석은 사람

나잇값을 못하고
떠들어 대는 주책없는 사람

남의 약점을 끄집어내어
자신을 높이려는 무식한 사람

얼굴과 몸매를 거들먹거리며
잣대를 들이대는 비열한 사람

차이를 인정하지 않고
차별을 일삼는 불안한 사람

남을 함부로 판단하고
험담을 늘어놓는 위험한 사람

돈과 권력으로
갑질을 일삼는 악독한 사람

일하지 않고 신神을 팔아서
편하게 먹고사는 천벌을 받을 사람

나이 들수록

눈앞이 흐릿한 것은
옳은 것만 보라는 뜻이다

귀가 어두워지는 것은
옳은 말만 들으라는 뜻이다

기억력이 없는 것은
옳은 일만 하라는 뜻이다

뼈마디가 아픈 것은
일을 줄여야 한다는 뜻이다

소화가 잘되지 않는 것은
적게 먹으라는 뜻이다

동작이 느린 것은
모든 것을 조심하라는 뜻이다

발문

정직한 삶의 詩
평범한 말 속에 숨은 삶에 대한 깊은 예의
어제의 시가 아닌 오늘의 시들로 생생하고 오롯하다

송경동 시인(희망버스 기획자)

1

우직한 소처럼 한없이 순하고 착하고 선하기만 한 정홍이 형. 하지만 내게 그는 천하에 꼬장꼬장한 김수영이 「거대한 뿌리」라는 시에서 말한 진정한 '강자'의 얼굴이다. 김수영이 기록한 '8.15 이후 김병욱이란 시인은… 일본 대학에 다니면서 4년 동안을 제철회사에서 노동을 한' 꼿꼿한 이였다고 하는데, 내가 아는 한 '서정홍이란 시인'은 '김병욱이란 시인'보다 훨씬 단단한 강자다.

그는 일제강점기 일본에서 일하다 젊은 나이에 한쪽 다리를 못쓰게 된 아버지와 험한 건축 공사장 인부로 평생을 살다 '산동네 얼음장 같은 방에 / 혼자 웅크리고 앉아 숨을 거두신 어머니'(「어머니2」 중에서)를 따라 억척으로 살아남아야 했다. 먹을 양식이 없어 개울가 미나리처럼 물로 배를 채울 때가 많았다고 한다. 어쩔 수 없이 초등학교를 졸업하자마자 공장으로 가야 했다. 뒤늦게 중학교에 입학한 후부터 낮에 일하고 밤에 공부하기를 10여 년. 다행인지 불행인지 가난해도 땀 흘려 일하는 사람들이 글을 써야 세상이 참되게 바뀐다는 것을 가르쳐 준 스승과 좋은 벗들을 만나 노동운동을 하며 시를 쓰기 시작했다.

그 후, 지금껏 스스로 가난하게 살겠다는 청년 시절의 꿈과 약속을 지키며 사는 강자다. '어느 누구한테서도 / 노동의 대가 훔친 일 없고 / 바가지 씌워 배부르게 살지 않았으니 / 나는 지금 '출세'하여 잘 살고 있다'(「58년 개띠」 중에서 『58년 개띠』)는 강자다. 이십수 년 노동운동과 문학을 병행하자는 〈일과 시〉 동인으로 만나는 동안 나는 단 한 번도 그의 삶의 자세가 흐트러지는 것을 보지 못했다. 그는 말 한마디, 행동 하나 허투루 하는 법이 없었고, 늘 타인을 먼저 배려하는 말할 수 없이 겸손한 이였다. 하지만 세상의 '불편한 진실'에 대해서는 단 한 치도 물러서지 않는 타고난 반골이기도 했다.

"시는 똑똑하고 잘난 사람만 쓰고 읽는 것이 아니고 돈보다 사람과 자연을 섬기는 사람, 소중한 것을 지키고 싶은 사람, 아름다운 세상을 물려주고 싶은 사람, 이런 사람들이 쓰고 읽는 것"이라는 자신의 오래된 믿음에 따라 그는 세상의 모든 이치와 도리를 어렵거나 현학적으로 말하지 않는다. 어떤 스펙터클도 과장도 치장도 장식도 없이 한없이 쉬운 말로 평범한 사람들의 이야기를 전하던 그의 말이 처음엔 귀에 잘 들어오지 않기도 했다. 하지만 어느 순간 그의 평범한 말 속에 숨은 삶에 대한 깊은 예의와 직관이 일상의 허위에 찌든 내 머리를 번개처럼, 벼락처럼, 묵직한 태산처럼 찢어 놓던 기억은 비단 나만이 경험했던 일이 아닐 것이다.

2

새로 복간하는 이 시집에는 가난했지만 금강석처럼 투명하고 단단하며 아름다웠던 그의 젊은 시절이 오롯이 새겨져 있다. '하루 일하지 않으면 / 삼백 그램 늘고 / 이틀 일하지 않으면 / 육백 그램' (「몸무게」 중에서)이 느는, 먹은 만큼 늘고 일한 만큼 줄어드는 정직한 노동자들의 몸과 삶에 대한 이야기들이 그득하다. '한 달에 만 원만 넣으면 / 병으로 죽거나 사고로 죽거나 / 다쳐서 평생 일을 못 하게 되면 … 일하다가 손가락이 잘려도 / 잘린 손가락 수와 부위에 따라 / 정해진 돈을 넉넉하게 준다는 그 말에, / 얇은 귀가 솔깃하여 / 아내에게 묻지도 않고 / 생명보험에' 들고는 '오늘은 집을 산 것처럼 든든'(「생명보험」 중에서)했다는 그의 고백이 단지 그의 경험만이었을까. '한 마리 천 원 하던 고등어가 / 한 마리 오백 원

으로 값이 떨어지면 / 집집마다 고등어 굽는 냄새 … 잦은 비로 참
외 값이 내렸다는 소문이 나면 / 집집마다 노란 참외 냄새가 나는
곳'(「내가 사는 곳」 중에서)에서 더불어 살아가야 했던 우리 모두
의 삶이 그러하지 않았을까.

그로부터 이십여 년이 흐른 현재 노동자 민중들의 삶 또한 별반
다르지 않다. 1100만 명의 이웃들이 지금도 내일이 보장되지 않는
비정규직으로 내몰려 벼랑 끝 같은 삶들을 살아가고 있다. 그래서
일까. 그의 시들이 모두 어제의 시가 아닌 오늘의 시들로 생생하고
오롯하다.

이 시집은 그렇게 '마산수출자유지역 티시전자에서 일하던 경옥
이와 창원공단 대한중기에서 일하던 정홍이'(「두 사람 이야기」 중
에서)로 만나 '달셋방 한 칸짜리 겨우 얻어 살아가던' 평범한 노동
자 가족들에 대한 절절한 헌사이기도 하다. '참기름병 꿀병 할 것
없이 / 거꾸로 세워 / 마지막 남은 한 방울까지 / 다 쓰고 말겠다
는 아내'(「우리들의 사랑2」 중에서), '혼인한 지 십칠 년 / 철없는 자
식들 키우느라 / 어수룩한 남편 뒷바라지하느라 / 취미교실 문 옆
에도 못 가 보고 / 뒤돌아볼 새도 없이 십칠 년 // 하루 일 마치고
/ 달빛을 머리에 이고 / 파김치가 되어 돌아온 / 아내'(「아내에게
미안하다」 중에서)에 대한 애틋한 사랑 이야기이기도 하다. 그런 세
상을 함께 살아가는 동료 노동자 가족들에 대한 연대의 기록으로

도 소중하다. '한 해 두 해 세월이 흘러 아들 영교와 인교가 태어났지만 변함없이 네 식구 달셋방 한 칸짜리에 살았대요. 가난한 사람일수록 방세 내는 날이 빨리 다가오는 것일까요? 눈만 뜨면 방세 내는 날이라며 부지런히 살았대요. // 그렇게 그렇게 십사 년이란 세월이 흘렀지만 혼인식 때 찾아온 사람들도, 손님을 맞이하던 사람들도 달라진 것 없는 가난한 노동자'(「두 사람 이야기」 중에서)들 뿐인 변함없는 세상에 대한 뼈 있는 시들이기도 하다.

그렇지만 그는 애초부터 뼛속 깊은 노동자여서인지 당시 유행처럼 쓰여지던 전위적인 노동 시와는 결을 달리 한다. 한때 남한사회 노동운동의 메카이기도 했던 '자랑스러운 마창노련'에서 제1회 '마창노련문학상'을 받기도 했던 그가, 누구 못지않게 곧은 활동가로 일하기도 했던 그가, 단 한 명의 투사와 전사도 그리지 않고 평범한 노동자 가족들의 평범한 일상에 대한 깊은 연민과 연대의 이야기만 하고 있는 까닭을 눈여겨봐야 할 것이다. 진정한 삶과 역사에 대한 꾸준한 당파성은 섣부르고 조급한 선언이나 어떤 그럴듯한 이념에 대한 선점으로 달성되지 않는다는 것을 그는 소년 노동자 시절부터 몸으로 배워 왔던 것이 아닐까.

3

노동운동으로 시작한 그의 구도행은 지금은 '살림'이 아닌 탐욕과 파괴로 가득 찬 자본주의 문명 자체에 근본적으로 문제 제기하고 다른 삶의 양식을 모색하는 생태주의자의 삶으로 옮겨가 있다. 1996년 생명공동체운동에 첫발을 디딘 후 우리밀살리기운동과 우리농촌살리기운동을 시작했고, 경남생태귀농학교를 설립하여 운영하기도 했다.

농사를 직접 짓지 않으면서 생태운동을 말한다는 것이 부끄러워 2005년부터 지금까지 경남 합천군 가회면 황매산 기슭 나무실마을에서 소농으로 농사를 지으며 살고 있다. 한 식구처럼 사이좋게 지내려면 아랫집 닭 우는 소리가 맨 윗집까지 들리는 곳이면 좋겠다 해서 찾아간 작은 마을이었다고 한다. 지금도 그는 산에 가서 땔감을 해 와 구들방에 군불을 때서 산다. 숯을 만들 때 나오는 목초액을 받아서 농약 대신 사용한다. 될 수 있으면 농기계를 안 쓰고 괭이와 호미로 농사를 짓는다. 농약과 화학비료와 비닐 따위는 사용하지 않는다. 생태화장실을 만들어 재와 쌀겨에 섞여 썩힌 똥은 다시 거름으로 쓴다. 장독마다 산과 들에서 채집한 온갖 풀과 약초들로 담근 효소들이 그득하다.

그는 먹거리 농사만 짓는 게 아니다. 여전히 더불어 사람 되기 위한 농사를 게을리 하지 않는다. 이웃 농부들과 함께 좀 더 성숙한 인간으로 여물어 가기 위한 〈열매지기공동체〉와 청소년과 함께하는 〈담쟁이인문학교〉 등을 만들어 함께하고 있다. 빼앗기지 않는 노동의 삶을 선택한 후로 글 농사도 도리어 풍성하게 지어 여러 시집과 산문집을 펴냈다. 단 한 편의 시도 스스로 살아 내지 않은 것이 없다. 스스로 살아 내되 더불어 살아가지 않는 일 또한 없다.

"아무리 잘나고 똑똑한 사람이라 해도 혼자 살 수는 없겠지요. 그러니 우리는 모두 '누구' 덕으로 사는 것입니다. 한 살 한 살 나이가 들수록 '누가' 없으면 나는 아무것도 아니라는 것을 더 깊이 깨닫습니다."라는 자서는 그가 도달한 투명한 삶의 진실이다. 그의 '양심 국어사전'에 따르면 진짜 강도는 '일하지 않고도 떵떵거리며 사는 사람. 또는 한평생 쓰고도 남을 재산을 가진 사람.'(「강도」 중에서)들이다. 그런 소수 강도들의 무한한 탐욕을 위해 다수의 사람 모두를 각자의 삶으로부터 소외시키는 자본의 눈먼 속도에 맞서 '천천히 생각해요 / 길이 잘 보일 수 있게 / 천천히 말해요 / 실수를 줄일 수 있게 / 천천히 결정해요 / 후회하지 않게 / 천천히 걸어요 / 함께 갈 수 있게'(「천천히」 전문, 『쉬엄쉬엄 가도 괜찮아요』 중에서)를 말하는 그의 새롭고 넉넉한 시간이 많은 이들에게 다른 세계에 대한 상상력들을 전하고 있다.

'들꽃도 함께 피어야 아름답고 / 새들도 함께 날아야 멀리 날 수 있지 / 어떤 일을 하다 앞이 보이지 않으면 / 여럿이 둥글게 앉아 보는 거야 / 둥글게 앉아 서로의 생각을 나누다 보면 / 큰 고민거리도 작아'(「여럿이 함께」 중에서, 『쉬엄쉬엄 가도 괜찮아요』)짐을 이야기하는 그는 여전히 아직 오지 않은 '오래된 미래'에 대한 굳건한 꿈을 버리지 않는 진정한 코뮤니스트, 투철한 공화주의자다.

'이 세상에 사는 동안 / 시를 쓰는 일보다 / 땀 흘려 일하는 기쁨'을, '땀 흘려 일해도 / 기쁨이 없는 사람들을 생각하'(「엉터리 시인의 기도」 중에서)는 일을 더 소중하게 여겨 온 사람. 끊임없는 노동으로 자신을 단련시켜 온 그는 아무리 생각해 봐도 정말 소리 없는 강자다. 도회지에서는 눈에 잘 띄지 않는 산골 마을이지만 그곳에 폭력과 야만의 자본주의 문명에 맞서는 가장 첨예한 초소를 꾸리고 오늘도 누가 시키지 않아도 시대의 '방범대원'으로 서 있는 그가 정말 강자다. 자신이 서 있는 작은 곳에서부터 새로운 삶의 공동체를 건설하기 위해 모진 애를 쓰는 정홍이 형. 늘 그렇듯 무엇보다 자신과 주변의 삶들을 따뜻하고 성실하게 들여다보는 일을 멈추지 않는 그에게 처음으로 '형, 참 고맙습니다!'라는 계면쩍은 인사 한마디를 놓아 본다.

난 아직도 그가 낸 아래의 솔깃한 「모집공고」에 응시하기엔 현저히 미달되는 삶과 미련에 사로잡혀 도회지에서 허덕이며 살아가고 있지만, 언젠간 그가 꿈꾸는 아름다운 세계의 새로운 시민으로 우리 모두가 거듭날 수 있기를 소망해 본다. 모든 겸손한 것들과 소박한 것들이 귀해지는 참세상을 꿈꾸는 그는 여전한 혁명가다.

출퇴근 시간은 아주 자유로움

몹시 더운 한낮에는 일하지 않음

피곤하면 낮잠도 푹 잘 수 있음

해가 지기 전에 모든 일을 마침

몸과 마음이 아픈 날은 반드시 쉬어야 함

월급과 상여금은 스스로 결정할 수 있음

수당은 시도 때도 없이 하늘이 내려줌

하늘이 도운다면 뿌린 만큼 거둘 수 있음

먹고사는 일은 크게 걱정하지 않아도 됨

그러나 반드시 소비를 줄이고 소박하게 살아야 함

학력증명서와 성적증명서 따위는 제출하지 않아도 됨

다만 내가 무엇을 할 때 기쁘고 행복한지,

어떤 꿈을 꾸면 마음이 설레는지를 적어 와야 함

마을 둘레에 있는 음식을 잘 가려 먹기만 하면

비싼 보약은 절대 먹지 않아도 됨

돈 주고 물을 사 먹지 않아도 됨

맑은 공기는 늘 공짜임

탐욕을 줄인다면 틀림없이 제 명대로 살 수 있음

무엇보다 사람으로 태어나

위대한 일 가운데 가장 위대한

밥상 차리는 일을 스스로 할 수 있음

다만 한 가지 간절한 부탁은

메마른 도시에서 물든

못된 이기주의와 같은 찌꺼기는

깡그리 버리고 와야 함

버리면 버릴수록,

그 빈자리에 평화가 강물처럼 흐를 것임

참으로 슬기롭고 용기 있는 사람을 모집함

「모집공고」에서